A L'ITALIE

ODE

PAR ALPHONSE CALLIGÉ

AVOCAT

A L'ITALIE

ODE

Annecy. — Imprimerie de J. Dépollier et Cⁱᵉ.

A L'ITALIE.

ODE.

Salut! ô terre du génie,
Du soleil et de la beauté!
Où la voix est une harmonie ('),
Où l'amour, de sa volupté
Enflammant l'œil et le sourire;
Dans l'air embaumé se respire!
Où vibrent les accents des dieux!
Italie!... ô toi dont les larmes,
Comme Hélène, ont pleuré les charmes
Dont te revêtirent les cieux!

Italie! ô fille de l'onde!
Comme un astre, émergeant des flots,
Ta gloire illumina le monde;
Rome! les noms de tes héros,
De leur trace éclairent l'histoire,
Et répercutent leur mémoire,
Qui se prolonge dans le temps;
Comme dans les échos sauvages,
Rugissent, éternels orages,
Les voix des alpestres torrents!

Fuyant Troie en cendres, Enée
De Vénus t'apporte l'amour;
Mars combat pour ta destinée,
Rome! et leurs fureurs, tour à tour,
Embrasent ton sol, Italie!
Rhéa, vivante ensevelie,
A maudit les feux de Vénus,
Ainsi que Lucrèce outragée,
Par son propre poignard vengée,
Et de son sang armant Brutus.

Aigles Romaines! votre serre
Rapide, abattant son effroi
Comme une proie étreint la terre,
Et livre, avide, au peuple roi
Et Sicile, Espagne et Carthage;
Et, fondant sur l'Attique plage,
De la Grèce, mêmes les dieux,
N'échappent pas à votre foudre;
Votre vol, sur leur peuple en poudre.
Aigles! s'assied victorieux!

Les Alpes abaissent leurs cimes
Devant tes armes, ô César!
Et, sous ses dépouilles opimes,
Enchaînant, vaincus, à son char,
Vercingétorix et la Gaule,
Ta gloire monte au Capitole;
Et, chassant Pompée aux déserts,
César! la victoire, à Pharsale,
Livre à ta gloire, sans rivale,
Dictateur! Rome et l'univers!

Mais, Mars cède à Vénus l'empire;
Et, Cléopâtre, à sa beauté,
D'Antoine enchaînant le délire,
Perd et Rome et la liberté!
Ah! pleure République esclave!
Courbe-toi sous le joug d'Octave,
Maudis à jamais Actium;
Dans Rome fondant leurs repaires,
Sur toi s'abattent les Tibères,
Et muet s'endort ton Forum!

Comme, en fuyant sous les nuages,
L'astre les pare de ses feux,
Rome! ainsi tu couvres les âges
De la gloire de tes adieux;
Rival du berger de Sicile,
Soupire, harmonieux, Virgile,
Et, quand sur un plus noble accord,
Il chante du pieux Enée
Les exploits et la destinée,
D'Homère vibre le luth d'or!

Sur sa lyre sublime, Horace
Célèbre la gloire et l'amour,
Et d'Anacréon prend la grâce,
Et de Pindare, tour à tour,
Ravit l'enthousiaste flamme;
Juvénal, indignant son âme (²),
Dans ses satiriques fureurs,
Fustige, sous son fouet, le vice;
Et, Tacite, sous sa justice,
De Rome a vengé les douleurs!

Tel le Vésuve, en laves croule,
Dévorant les champs, les cités,
Ruez-vous, Barbares, en foule,
Roulant vos flots précipités;
De feux, de sang, et de ruines,
Couvrez la ville au sept collines;
Semez la poudre des Césars!
Sous ses cendres ensevelie,
Comme le Phénix, l'Italie
Bientôt rouvrira ses regards.

Des ondes de l'Adriatique
Venise élève son essor,
Et son altière République
Les enchaîne à son anneau d'or,
Et courbe, sous son joug, Byzanee;
Et devant leur sainte alliance,
Vérone, et Padoue, et Milan,
De Barberousse ont vu l'armée,
Comme au vent fuit une fumée,
S'effacer, avec leur tyran (⁵)!

Comme on voit, de la nuit, éclore,
Immortelle, dans sa clarté,
Triomphant des ombres, l'aurore;
Tel, Italie! en sa beauté,
Du chaos, renaît ton génie;
Et le monde, à son harmonie
Ravie à la langue des dieux,
S'éveillant du sein de l'abîme,
Nouveau Lazare, se ranime,
Et Béatrix le guide aux cieux.

Salut! Homère toscan! Dante!
Qui, dans tes sombres visions,
Des enfers sondas l'épouvante,
Et, de leurs lamentations
Emplis ton sinistre poême;
Frappant le crime d'anathême,
Vengeur, tu devances la mort (⁴);
Et, sur terre, encor se meut l'homme,
Quand déjà hurle son fantôme,
Et maudit, sous tes feux, se tord.

Harmonieux chantre de Laure!
Ta lyre ne fut qu'un soupir (⁵),
Ainsi, sur la grève sonore,
L'onde, en pleurs, ne sait que gémir:
Et, de son idéale trace,
Sur le temps imprimant la grâce,
Laure a vaincu le flot des jours:
Boccace! pour charmer les belles,
L'amour te dicta ses Nouvelles,
O père des gais troubadours!

Chantre de la chevalerie!

Et des combats des paladins,

Arioste! ta féerie

De Roland charmant les chemins,

Aux brigands arrache les armes ([6]);

Et te donne, ô gloire! leurs larmes:

Ainsi les siècles, ravisseurs,

Que, magique, ton art enchante;

De Roger et de Bradamante

Surpris, respectent les malheurs.

De Godefroy ceignant l'épée,

Guidant les Croisés conquérants,

Tasse! ta sublime épopée

Ravit Solyme aux mécréants;

A ta voix, de l'azur humide,

S'élève le palais d'Armide,

Mais nos pleurs coulent sur ton sort,

L'amour ne t'obtint qu'une géôle,

Et le laurier du Capitole

N'orna, triomphal, que ta mort ([7]).

Quelle est cette voile sur l'onde,

Cinglant sous des cieux inconnus?

C'est Colomb, il rapporte un monde!

Ouvrant ses infinis perdus;

A tes yeux, l'armée étoilée

Déroule ses lois, Galilée!

Et la terre, de son sommeil (⁸),

S'éveille au cri de ton génie,

Et gravite dans l'harmonie,

Brillante esclave du soleil.

Mais, quelle nouvelle phalange

S'offre, Italie! à tes regards?

Salut, immortel Michel-Ange!

Rallumant la flamme des arts,

Tu frappes la pierre domptée;

Et faunes et dieux, Prométhée!

Sous leur marmoréenne chair,

Réveillent leur antique grâce;

Et de ton Panthéon l'audace,

O Titan, escalade l'air!

Quel regard, ravi, ne s'incline
Devant tes vierges, Raphaël?
Admirant leur pudeur divine,
Et leur front réflétant le ciel!
Tes fresques, déroulant leurs pages,
De la Bible éclairent les âges (⁹),
D'Athène éveillent la splendeur (¹⁰),
Satan fuit, vaincu sous ton glaive (¹¹),
Et le Christ, idéal, s'élève (¹²),
Laissant à tes cieux sa lueur!

Tels, les astres brillent, en foule,
Dans l'azur d'une nuit d'été,
Italie! ainsi se déroule
De tes pléiades la clarté;
Vois, se pressant sur ton cortége,
Titien, Véronèse et Corrège,
Guide, et Vinci, formant ta cour;
Devant ton aurore, Italie!
Le monde renaît à la vie,
Ainsi que la nature au jour.

Mais, comme l'aigle, de son aire
S'élance, et conquiert l'horizon ;
Des Alpes, ta lignée altière,
Humbert ! s'élève, et le Piémont,
A l'exemple d'Adélaïde,
Se rallie à ta blanche égide;
Effroi des Turcs, ô Comte Vert !
Et, l'étranger, sous ton épée,
Fuit de ta patrie usurpée,
O Philibert ! Tête de fer (¹³) !

En vain, sur le sol italique,
Fondent toutes les nations;
Tout à coup, ô terre héroïque !
Réveillant tes convulsions,
Comme les feux de tes cratères,
Soudain, s'allument tes colères;
Palerme sonne son tocsin (¹⁴) !
Ferruci combat sous Florence (¹⁵),
Et, luttant pour l'indépendance,
Mica, martyr, meurt sous Turin (¹⁶).

O roi soleil! tu vis ta gloire
Devant la croix blanche pâlir,
Eugène! encor de ta victoire
Superga parle à l'avenir (¹⁷);
Tel, lutte Achille contre Troie,
Ainsi les princes de Savoie
Combattirent tes ravisseurs,
Italie, ô nouvelle Hélène!
Toi! dont la beauté souveraine
Hélas! causa tous tes malheurs!

Pleurant ta patrie outragée,
Armant ton génie irrité,
Par toi l'Etrurie est vengée (¹⁸),
O barde de la liberté!
Alfiéri! telle qu'une flamme
Dévorante, exhalant ton âme;
Bientôt, à l'appel de tes vers (¹⁹),
Libre, en bénissant ton génie,
Se réveillera l'Italie,
Dépouillant sa honte et ses fers.

O Léopardi! la colère ([20])
Jaillit de ton cœur déchiré,
Quand l'Italie, en sa misère,
Les bras captifs, l'œil éploré,
Te montra son sang, ses blessures ([21]),
Plus nombreuses que les morsures
Qui meurtrirent Laocoon;
Et, sur le tyran de ta race,
Décimée en des champs de glace,
Plane ta malédiction ([22])!

Mais de son sommeil léthargique,
Soudain, secouant la torpeur,
Des Alpes à l'Adriatique
Ton peuple s'éveille, vengeur;
Italie! et tes bras esclaves
Brisent à jamais leurs entraves;
Aux voix de Manin, de Cavour,
Tes fils, se levant de leur poudre,
Ont armé leur antique foudre,
Ralliés dans un même amour!

Gloire, ô Charles-Albert magnanime [25] !

Roi, le premier de tes soldats,

Tu tombas, suprême victime,

Martyr, comme Léonidas;

O Garibaldi! ton épée

A vu, devant son épopée,

Des Siciles l'étranger fuir;

Sur vos pavois, Sardaigne! France!

L'Italie, en sa délivrance,

S'élève, et s'ouvre à l'avenir!

Ainsi l'astre, sous les nuages,

Garde, immuable, sa clarté,

Ainsi, triomphant des outrages,

Règne, immortelle, ta beauté,

Italie! ô toi dont l'histoire

Vestale, conserve la gloire!

Au passé tournant tes regards,

A son souffle enfin ton cœur vibre,

Et, des Alpes à l'Etna, libre [24] ,

Réveille-toi, reine des arts!

NOTES.

NOTES

(¹) Cette langue dont les accents sont une mélodie,
vraie poésie des langues.

> (*Childe-Harold.* Chant IV; LVIII. BYRON).

(²) Si natura negat facit indignatio versum. *Satira* I.

(³) Bataille de Legnano (1176).

(⁴) L'heure finale, ce serait trop attendre, il arrache du corps l'âme maudite, et la précipite dans
l'abîme ; à sa place il met un démon. LAMENAIS.
(*Introduction à la Divine Comédie*).

(⁵) Quei sospiri ond' io nudriva il core. *(Sonetto 1°)*.

(⁶) On raconte qu'il tomba entre les mains des
des brigands, mais qu'en apprenant le nom du poète,
ceux-ci le laissèrent partir en le comblant de mar-
ques d'honneur. (BOUILLET. *Dictionnaire d'Histoire)*.

(⁷) Ma l'alloro fu deposto sul feretro (E. GUASTI.
Vita di Torquado Tasso).

(⁸) E pur si muove.

(⁹) Les loges du Vatican ou la Bible de Raphaël.

(¹⁰) Camera della scuola d'Atene.

(¹¹) Saint Michel terrassant le démon. (Au Louvre).

(¹²) La Transfiguration. (Au Vatican).

(13) Victoire de Saint-Quentin (1557).

(14) Les Vêpres siciliennes (1282).

(15) Défense héroïque de Florence (1530).

(16) Bataille de Turin (1706).

(17) La basilique de Superga érigée en mémoire de la victoire du prince Eugène et de Victor-Amédée II sur les armées de Louis XIV (1706).

(18) Etruria vendicata.

(19)   Al forte fianco sproni ardenti dui,
    Lor virtù prisca ed i miei carmi avranno :
    Onde in membrar ch' essi già fur ch' io fui,
    D'irresistibil fiamma avvamperanno.
                    (Rime Politiche).

(20) Qui l'ira, al cor, qui la pietade abbonda.
                *(Sul monumento di **Dante**).*

(21)   Oimè quante ferite,
    Che lividor, che sangue ! oh qual ti veggio,
    Formosissima donna !
                    (All'Italia).

(22) Cadeano a squadre a squadre
    Semivestiti, maceri e cruenti,
    Ed era letto agli egri corpi il gelo.

   . . . .
    Di voi già non si lagna
    La patria vostra, ma di chi vi spinse
    A pugnar contra lei.
                *(Sul monumento di **Dante**).*

(23) On dit de lui :
  « Il s'est battu en héros, a vécu en moine et est mort en martyr. »   (Bouillet. Ouvrage cité).

(24) Que l'Italie soit libre des Alpes à l'Adriatique.
                    (Napoléon III.)

DU MÊME AUTEUR

PENSERS ET RÉVERIES. — Poésies.

A DE LAMARTINE. — Ode.